有植物的美好日常

在尋找自我的路上陪伴我的花草，以及不小心種死的盆栽

凱蒂·瓦茲——著

蕭寶森——譯

凱蒂·瓦茲的其他作品

THE ESCAPE MANUAL FOR INTROVERTS

MAKE YOURSELF COZY

DON'T WORRY, EAT CAKE

MY LIFE
IN PLANTS

FLOWERS I'VE LOVED, HERBS I'VE GROWN,
and HOUSEPLANTS I'VE KILLED
ON THE WAY TO FINDING MYSELF

KATIE VAZ

獻給我的妹妹莎拉·瓦茲

即使一不小心就把植物種死，它們仍然療癒著我

~~~~~~~~

植物是我的一部分。這不僅是因為我很喜歡它們，也是因為我的生命中每個重要的時刻都有植物的身影。它們使我想起我的老家和故鄉，讓我和自己的根與家人有了連結，為我帶來安慰。

二〇一七年時，我開始了一項名為「被我種死的植物」的計畫。那原本只是我在業餘時間所進行的一個小小的計畫，目的是要畫一些花草植物，藉此練習我的插畫繪製技巧，並且給自己找點樂子（說也奇怪，我經常一不小心就把花草種死）。對我而言，這是一個很有趣的方法，讓我可以把那些被我種死的植物都記錄下來，並把它們一一畫出來。我由此想到在我這一生當中，植物和花卉一直都扮演著旁觀者的角色，像舞台下的觀眾一般目睹了我所經歷的種種事件。於是，我逐漸產生了一個念頭：要創作一本附有插畫的回憶錄，書名就叫《有植物的美好日常》。

我真的很享受為這本書撰寫文字和繪製插畫的過程。令我意想不到的是，我在寫作文稿時，每每情緒翻湧。在書寫其中某幾個章節時，我更發現有些生命經驗其實並沒有被我

充分地消化或忘懷，尤其是那些與失落和親人的死亡相關的經驗。不過，能夠回想往日的種種並以不同的眼光來觀看，對我有很大的幫助。有些過去令我難以釋懷的事情在形諸文字之後，就不再對我造成困擾了。那種感覺真的很像做了心理治療一般。

到了開始繪製插圖的階段，我更是樂在其中。回憶過往的時光並且從中挑選要描繪的細節，讓我感到極其愉悅而溫馨，尤其是和我的妹妹一起回憶童年的某些情景時。我最喜歡畫的是有關我的婚禮的那一章。當我想到過去的若干快樂時光時，內心總是感到既溫暖又滿足。我想能夠在這樣的狀態下作畫，真是很棒的一件事。寫作固然很有療癒效果，但在那個過程中，許多負面的情緒會湧現，而繪製插圖的過程就像一帖膏藥一般，能夠舒緩那些傷痛。

花草植物是我很喜愛描繪的主題。每當我打開我的寫生簿，腦子裡頭一個想畫的東西通常都是花草植物，例如我在森林中健行時看到的羊齒葉子，或在苗圃裡發現的美麗的大麗花。夏天時，我會利用空閒時間到花園裡去。儘管我已經很幸運，能在住處擁有一個可以隨時造訪的私人庭園，但我發現室內的植物對我也很有撫慰心靈的效果。我的家裡四處都是盆栽，其中尤以我的辦公室最多，因為我在那裡待的時間很長。我覺得那些盆栽就像是和我共處一個空間的小動物。我喜歡有它們陪伴的感覺，也很享受照顧它們以及了解

它們的各種不同需求的過程（現在被我種死的植物已經比從前少很多了）。對我而言，那是一種類似冥想的狀態。今年我甚至開始撰寫植物日誌，以便把我所學到的每一種植物的資訊都做個整理。對我來說，照顧一株活生生的植物能讓人平靜安詳，忘卻外在的紛紛擾擾。

面對二○二○年的各種艱困情況，我今年更加仰賴我的盆栽和花園所帶給我的慰藉。我發現自己很期待夜晚在花園裡澆水的時光。這時，我可以把白天的壓力拋諸腦後，全心全意地照顧那些植物，並且覺察其他那些能讓人感到平靜的事物，例如屋後森林中的蟬鳴或者剛割完的草所散發出的香氣。

除此之外，每天照顧室內盆栽的工作對我來說也很有靜心的效果。這些工作都很簡單而且每天重複，但我很喜歡那種在家中四處走動、為植物澆水、把葉子噴溼、輪流移動那些盆栽，好讓它們能晒到太陽的過程。除了照顧植物之外，另外一件能幫助我的心情保持平靜的事情便是肢體的活動。我是個經常想太多、愛操心的人，因此我在感受到壓力時，如果一直坐著不動，就會胡思亂想，讓自己陷入不太好的狀態。後來我發現只要我做一些肢體活動——例如帶著我的狗做長時間的散步、在我家附近跑步或在家裡運動——就能讓我的心情保持平靜，而且效果非常顯著。

如果你也想從植物那兒獲得安寧與平靜，其實並不需要在家裡擺放很多盆栽，也不需要有多大的花園，甚至完全不需要有庭院。目前我家的盆栽並不多，但事實上你只要根據家中的環境、窗戶的多寡和光線的強弱挑選合適的盆栽，自然就會產生效果。與其選擇那些很受歡迎的植物，不如多花一點時間思考哪些植物適合你的生活形態和居住空間，因為無論你的情況如何，都可以找到適合自己的植物。如果你經常不在家，坊間有許多不太需要照顧、也可以很久不用澆水的植物供你挑選（事實上，在有了一些慘痛的經驗後，我發現大多數植物並不像我所想的那樣需要很多水分）。如果你家的窗戶不多，市面上也有不少可以在微弱光線下長得很好的有趣植物。如果你像我一樣有養寵物，也可以找到很多對寵物無害的植物來妝點你的家。

希望你能享受閱讀這本書的過程，也希望你在想到那些和你的回憶有著密切關連的心愛植物時，也能從中得到安慰。

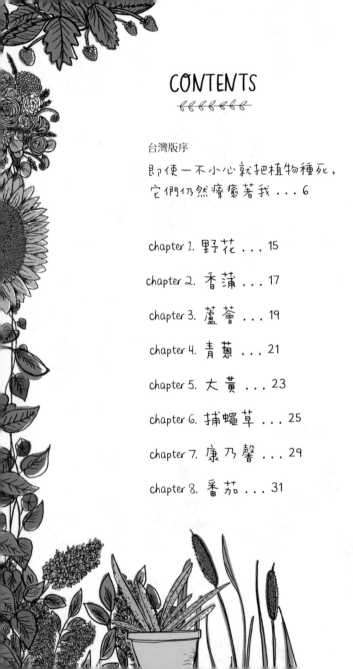

CONTENTS

1

野花

᠊᠊᠊᠊᠊᠊᠊᠊᠊

我 要出門去參加本地的「美國退伍軍人協會」所舉行的「坦率小姐」（Little Miss Candor）比賽時，爸爸在我家車道兩旁的高草叢和野草那兒採了一些野花，用牛皮膠帶把花莖綁住，為我做了一個花束。我穿著媽媽做的一件白、紅相間、有心型圖案的洋裝，小腿上貼著一塊鮮豔的藍綠色「小美人魚」繃帶。在會場，我告訴那些觀眾我最喜歡的娛樂活動是在芭芭拉姑媽家的游泳池裡游泳，而我的腿上之所以會貼著繃帶，是因為我在外面玩耍的時候受了一點擦傷。結果，我贏了那次比賽，並因而得以在幾天之後參加兩場遊行。遊行時，我的頭上戴著后冠，肩上披著綬帶，手裡拿著一根貼了亮片的權杖，感覺自己像公主一樣。在其中一場遊行裡，我和媽媽乘坐一輛紅色的雪佛蘭科爾維特高級敞篷跑車。我端坐在後座，害羞地朝著圍觀的人群揮手。在另外一場遊行中，我和其他幾個參賽的小孩（包括那位「坦率先生」）一起坐在一輛敞篷小貨車上。他們都穿著從百貨公司買來的衣服，樣式比我的花稍很多。那是我頭一次注意到這類的事情。

2

香蒲

〜〜〜〜〜〜〜

從小我便和我的父母和妹妹住在山上一棟小巧的黃色拖車式住宅裡，四面幾乎都是樹林。我向來不喜歡陰暗的地方，到了晚上時那些樹林總是讓我害怕。

我們的房子緊臨著一條泥土路，路的兩邊各有一條排水溝。夏天時，溝裡會長滿香蒲和高草。那些香蒲的花是棕色的，開在長長的、草綠色的莖枝上，不停地隨風搖擺，看起來很像卡通片裡的熱狗，讓我為之著迷。我們的房子後面有一座池塘，四周長著更多的香蒲和高高的草叢，方圓裡不見人煙，感覺很是荒涼。你一眼望去，看不到地平線，因為四處都是原野、山丘和高高的草叢，彷彿沒有盡頭。那時，我總感覺我們是住在世界的邊緣，彷彿在我們的住處之外再也沒有其他事物存在。我朝著院子的邊緣走過去時，總是覺得有些孤單，還有一種詭異的感覺，彷彿自己入侵了另外一個世界，而且那個世界並不需要我們。爸爸告訴我：等我長大一些後，自然就會比較能夠欣賞這個地方，到時我就會發現它其實是一個遠離塵囂的幽靜之地，就像位於大自然懷抱中的一個庇護所。但我從未喜歡上那個地方。我不喜歡那種與世隔絕的感覺。

3

蘆薈

我們家的房子裡有一座壁爐。爸爸總喜歡在家裡升一盆火。有天晚上，媽媽正往火盆裡添加木柴和報紙時，我也想幫忙。後來她把一團皺報紙丟進了火盆裡，但那是我原本想要丟的。於是我把手伸進火盆裡，想把它撿回來……然後我的手指就被灼傷了。

媽媽種了一盆蘆薈，擺在廚房水槽上方的窗台上。那棵蘆薈長得矮矮壯壯的，一片片肥肥厚厚、滿是斑點的綠色葉子從小盆子裡往外伸展。媽媽折下一片葉子，擠出那清涼的蘆薈膠，塗在我那一小片被灼傷的皮膚上。她說她相信我以後一定不敢再碰火了。她說得沒錯。

4

青蔥

我們經常去探視爺爺。他身上有「百利髮乳」和「歐仕派體香膏」的味道。當他抱著我們的時候，他臉頰上的鬍鬚總是給人一種毛茸茸的感覺。偶爾，我們會在週末時間去看他。這時，我們總會在他家待到很晚，為的是要觀賞「尼克兒童頻道」（Nickelodeon）在週六晚上播出的節目。對我們而言，能夠觀賞有線電視台的節目真是一件讓人快樂的事，因為當時我們家只有幾個無線電視台的基本頻道，我和妹妹大多數時間都只有迪士尼台的影片和公共電視台的節目可看。

夏天時，我的爺爺會種青蔥。有一回，我幫他拔蔥，後來我們甚至還一起吃了幾口蔥綠。我從來不知道青蔥可以這麼吃，但看到爺爺這麼做，便也依樣畫葫蘆地吃了起來。那些蔥的味道很強烈，有點兒辛辣，但很新鮮，還挺好吃的。爺爺似乎什麼作物都種得活。媽媽曾經告訴我，從小到大，他們家裡一整年的食物都是靠那座園子供應。當時，奶奶會把許多水果和蔬菜用醃漬或曬乾的方法保存起來，留待冬天時食用。當奶奶走了，爺爺也退休之後，他種菜只是為了好玩，也是為了找點事做，免得自己太閒。

5

大黃

ffffff

每個星期天，我們一家和叔伯阿姨幾家人都會到爺爺家吃晚飯。那時，大家都會聚集在廚房裡，而角落裡的那架電視機永遠都開著。爺爺家的冰箱裡有一隻從「睿俠」（RadioShack）電子商品賣場裡買來的粉紅色塑膠豬。它滿臉笑容，只要你一打開冰箱門，它就會對你「歐伊歐伊」地叫。我們小孩子喜歡站在那座古董玻璃櫥櫃前，看著裡面應該藏起來的兩個做成乳房模樣的經典鹽罐和胡椒罐，一邊咯咯地笑。此外，我們也經常在房子裡走來走去，把玩那些古老的裝飾品和小東西，感覺像是在探險。

夏天時，我們會齊聚在屋後的門廊上。那裡總是擺放著幾把樣式各不相同的椅子和長凳子，角落裡也有一台電視機，上面老是播放著棒球賽事。除了電視的聲音外，還可以聽到門廊上的捕蚊燈發出的「嗡嗡嗡」聲。爺爺家附近有一座小山丘，上面長著一些大黃。它們的葉子又大又寬，油綠綠的，莖紅得像寶石一樣。大人們告訴我和我的堂哥和妹妹那些葉子不能吃，但我們還是折了幾根，當場就吃將起來，結果酸得我們齜牙咧嘴的。

6

捕蠅草

𐊪𐊪𐊪𐊪𐊪𐊪𐊪

妹妹上幼兒園時，我正好是小學三年級。那時，我每天都會幫她穿上雪褲和雪靴，然後送她上學，到了教室後，還得確定她已經安頓好了，我才會離開。為此，我上學經常遲到。因此，我猜我有時送她去幼兒園時，臉可能很臭，但其實我並不會不想要送她上學。

我們家有一小盆捕蠅草。我們喜歡看它闔上兩排尖尖的牙齒，把跑到它那粉紅色嘴巴裡的倒楣蟲子關在裡面的情景。那樣的畫面真是既恐怖又讓人著迷。此外，我和妹妹也經常用蒼蠅拍打蒼蠅，然後把打死的蒼蠅拿去餵那株捕蠅草。我們認為它大概從來都沒吃飽過，所以就經常餵它，讓它吃得太飽，像一隻肥嘟嘟的家貓。

從小到大，我和妹妹無論做什麼都在一塊兒。我們喜歡玩芭比娃娃、扮恐龍，也喜歡聽卡帶上播放的邁可・傑克森的歌曲，還會跳電影《天旋地轉》（*Spice World*）裡面的所有舞步。同時，我們兩個都只

愛穿 T 恤和彈力緊身褲（因為穿牛仔褲行動太不方便了）。那時的我們無憂無慮、輕鬆快活，也很滿意自己的生活。

　　小時候，我們也很愛探險。整個家都成了我們專屬的障礙賽場地。我還記得我們常以側手翻的方式從一個房間翻滾到另外一個房間，有時也會把沙發椅的墊子鋪在地上，在上面跳過來、跳過去，把客廳當成了彈跳床。有時候，我們會像蜘蛛猴一般爬到門上方，等著在爸媽走進來時把他們嚇一跳。

　　有一次，我們在爸媽的床上蹦蹦跳跳。後來，我想表演一種特技，被妹妹擋到了，於是便推了她一把。不過，我立刻意識到自己這樣做不對，便一把抓住她，以免她跌倒，沒想到卻把她的肩膀弄得脫臼了。儘管如此，她還是很愛我。

　　我知道我從來都不是世上最好的姊姊，也為此感到慚愧。我想，我應該更支持她，對她說話的口氣應該更溫柔一些，更常體貼她的需求，或者把更多的衣服借給她穿。想想，自從她出生以來，我在她面前一直都能夠很自在地做自己，也能勇於說出自己內心的想法或承認自己心中的恐懼。這都是因為她從來不會批判我的緣故。爸爸曾經多次提醒我：身為姊姊，我應該永遠照顧我的小妹妹。事實上，我知道她也一直在照顧我。她是我最好的朋友，幾乎一輩子都陪

在我的身邊，無論日夜，都會陪伴我、安慰我或逗我開心。
當我需要她的時候，她總是會伸出援手，毫不猶豫，也從不
退縮。

7

康乃馨

我三歲時，爸媽幫我報名了體操課，而且一上就是好多年。我的童年歲月大多都圍繞著體操打轉。每個星期，我至少要做三次練習，而且週末時經常要去參加比賽。我知道家裡沒有多少閒錢，自從我上了體操課後，家裡的經濟狀況就更拮据了。我也知道媽媽坐在場邊看我練習那些可能會讓我受傷的動作時，心裡肯定很難受，但這些事情她從來不告訴我。相反的，她一直是我最熱心的啦啦隊員，絕不錯過我的每一次練習和每一場比賽。無論我表現得如何，她都以我為榮。有時，她會在比賽過後，送我一束花，也不管那場比賽我表現得是好是壞。那些花束裡往往都有氣味芬芳的康乃馨（那是我媽最喜歡的一種花）和嬌嫩的滿天星，一整束包在透明的玻璃紙裡，有一種質樸的美感。

8

番茄

每年夏天，我的爺爺都會種各式各樣的蔬菜，包括番茄、櫛瓜和小黃瓜。屋子後面的草坪有一大部分都是菜園。院子後面有一條曾經有火車鐵軌經過的泥土路，再過去便是一片遼闊的原野和一座巨大的山丘。我最喜歡看夏天傍晚日落時陽光金燦燦的景象，更喜歡天氣炎熱時四處霧氣蒸騰的樣子。在那個時節，爺爺家的餐桌上永遠擺著一盤灑了鹽的鮮脆小黃瓜片。那是我們的點心。至於那些飽滿多汁的小番茄則是我們的糖果。在夏天裡，我們午餐的主食往往是用白土司、番茄片和美乃滋做成的三明治。直到現在，這仍然是我夏天時最喜愛的食物。每次吃著這種三明治，我總會想起當時屋外的螽斯唧咯唧咯的鳴叫聲、爺爺的那一大片菜園、廚房檯面上那許許多多色彩鮮豔的番茄，以及那在我的舌尖迸發的鹽巴與陽光的味道。

9
天竺葵

從小到大，我們家在夏天時總是擺滿了各式各樣的花盆與吊籃，裡面種著色彩鮮豔的金盞花、三色菫和天竺葵。感覺上，這些花似乎很好養，而且一整個夏天都會開花。紅銅色和蜂蜜色的金盞花花瓣蓬鬆，聞起來有點苦味，還帶點麝香的氣味，但我很喜歡，因為那是屬於大自然和泥土的氣息。聽我媽說它們還具有驅蟲的效果。天竺葵的花色彩非常鮮豔，有些是鮮紅色的，有些則是暖粉紅，在太陽光直接照射之下幾乎耀眼得讓人眼睛都睜不開。我媽每年都會種天竺葵，因為那是我奶奶最喜歡的一種花。

我很高興媽媽喜歡康乃馨而奶奶鍾愛天竺葵。在我看來，這兩種花都不複雜，給人一種舒服自在的感覺。我想這正是我從前和家人在一起的時候常有的感受。

10

草莓

~~~~~~

高中時的一個暑假，眼看我的幾個朋友都去打工採草莓，我也在本地的一家農場裡找到了一份這樣的差事。我把這件事情告訴爸爸時，他說他以我為榮，又說從事體力勞動對我來說將會是一個很好的經驗，能讓我學到一些東西。但我沒想到那份工作一點兒也不好玩。早知道，我應該學學那些比較懶惰的朋友才對。

打工期間，我們必須每天一大早就去幹活。那時，草莓田上仍然霧氣瀰漫，天色也還陰暗，一眼望去，除了小巧豔紅的草莓以及綠葉之外，看不到什麼顏色。整個世界幾乎是同一個色調。我穿著自己沒有很喜歡的舊衣服和舊鞋子，因為我們得在畦間的泥地上爬行，有時還會在帶著露水的草莓和葉子上看到噁心的蛞蝓。當時，工資的給付是以採摘的數量計算，而我的動作又慢，因此我並沒賺到很多錢。不過，那是我生平第一次靠自己的勞力賺錢，因此我還挺開心的。直到現在，我仍然喜歡採果。想想，那次的打工經驗居然沒有讓我對這種事倒盡胃口，還滿讓人意外的。

11

紫丁香

家裡有幾棵紫丁香。它們的顏色從深紫、冷冷的薰衣草色到象牙色都有。有兩株是重瓣的，花朵裡頭還包著花朵。如今這些紫丁香已經長得很高了，而且都枝葉濃密，圓圓的一叢，滿是深綠色的光滑葉子。現在家裡有的這些樹木和植物大多數是我奶奶從前種的，包括這幾叢紫丁香在內。我媽經常會剪下幾枝，拿進家中，插在瓶子裡。這時，整個家便會瀰漫著濃濃的春天的氣息。不過，我對紫丁香是又愛又恨，因為它們雖然有時聞起來有春天的氣息，但有時卻又讓我想起浴室裡的空氣清香劑的味道。說真的，我有時候還挺挑剔的。

校友返校日的花束

上了高中後，我就不再練體操了，因為對我來說，這已經
不再是一件好玩的事了。每次練習都成了例行公事，而且
我也不想再學習新的技巧了，除此之外，我也很嫉妒身邊
的朋友們一個個都那麼閒，於是後來我便退出了學校的體
操隊。不久後，我看了《魅力四射》（*Bring It On*）這部電
影，當下便決定要當一個啦啦隊員。於是我參加了學校裡
的選拔活動，並且如願進入了學校的足球啦啦隊與籃球啦
啦隊。在此同時，我還是田徑校隊裡的短跑與三級跳遠選
手。從此，我的社交生活就開始蓬勃發展，就像電影上那
些老掉牙的情節一般。後來那些年，我過得悠哉游哉、十
分快活。我們那一班人數不多（大約只有七十個），而且
大部分同學都是從幼稚園開始就認識了，許多人的爸媽也
是念同一所學校的，彼此都相熟。這是因為我們那個鎮實
在很小，小得連紅綠燈都不需要。

　　高中最後一年的秋天，我和幾個朋友被提名擔任校友
返校日的在校生代表。我們這群人並不屬於傳統的那種「很
受歡迎」的學生類型，但隨著年紀漸長，班上的風氣逐漸

改變，同學們之間開始互別苗頭。在我們這些高年級學生的眼中，最酷的不是那些一天到晚參加森林派對的人，而是每一科都拿 A，而且能申請到好大學的人。

那一年，有兩個屬於傳統很「酷」類型的女孩並沒有被提名為在校生代表。學校裡有傳聞說她們的父母親為此非常生氣，特地打了電話給校長。結果第二天，校方就「發現」

了一疊之前消失的選票，於是那兩個女孩就被列入了在校生代表的名單。這件事後來成了我們那個小天地裡大家津津樂道的醜聞。

　　校友返校日當晚，我們這些在校生代表每人都得到了一個小小的花束，裡面有一朵黃玫瑰和幾枝綠葉，包在玻璃紙裡面，上面繫著白色的緞帶。我們站在足球場上，任由家長們拍照。看著那此起彼落的閃光燈，我覺得自己好像名人一樣。那晚，我穿的是媽媽在購物中心為我買的翡翠綠洋裝。它有著當時很流行的不對稱裙襬以及不對稱的肩帶。典禮結束後，有一個經常惹是生非、有時還會欺負別人的男孩走了過來，小聲地對我說他覺得我那天晚上看起來很美。當然，他有可能只是在開我玩笑，想要作弄我，但我當時感覺他是真心的。

13

畢業舞會的花飾

高中時我有一個男友。他很貼心，待人親切，也是學校籃球和高爾夫球校隊的隊員，人緣很好。我每次想到他，就會想起那時我身上那聚酯纖維材質的啦啦隊制服的觸感、他身上的「黑色達卡」（Drakkar Noir）香水的味道、我自己擦的「愛情魔咒」（Love Spell）香水的氣息，以及第一次被人追求時心裡小鹿亂撞的感覺。他比我大一歲。我們一起參加過三屆畢業舞會。每一年我都會在手腕上佩戴玫瑰花飾，他也會戴著相稱的胸花。

我參加的第一次舞會，是在十年級的時候。當時我穿的是媽媽為我在西爾斯（Sears）百貨公司買的一件美麗的象牙色A字型洋裝，上面有著花朵的圖案。我手上佩戴的則是用純白色的玫瑰和蕨類的綠葉所做成的花飾。當晚，外面下著雨，我和男友只好在我家的客廳裡擺著姿勢供我媽照相。後來，當我抵達舞會場地時，才發現我和另外兩個女孩撞衫了。

第二年，我穿的是一件黑白花緊身連衣裙，裙子的側邊開了一個撩人的衩，手上戴著長及手肘的優雅（當年十六歲的我是這麼想的）黑色無指手套。我的花飾則是鮮豔的猩紅

色玫瑰配上嬌嫩的白色滿天星和幾枝綠葉，用一條白色的薄紗緞帶紮了起來。

高中畢業那年，我穿著一件閃亮的香檳色無肩帶洋裝，配上用昂貴的白玫瑰做成的經典花飾。舞會結束後，我們參加了一個朋友所辦的派對。我記得我當時好像喝了一瓶果汁氣泡酒，接著就到他家過夜了。之後我們互相親吻愛撫，那感覺比喝酒更讓人陶醉。

那段期間，我們兩個都曾經數度受到別人的吸引，傷了彼此的心。我還記得我曾經暗自希望自己不是在十五歲時認識他，而是再過十年等我有了更多歷練的時候。但我得承

認，我其實有點後悔當初沒有把自己的第一次交給他，原因是當時大人們都告誡我們婚前不應該發生性行為。我很天真地以為這是大家都遵守的規範，而我不想成為唯一破壞規矩的人，於是便沒有越雷池一步。但儘管如此，我們還是曾經擁有許多臉紅心跳的時刻，許多足以引燃激情火焰的「第一次」。而我之所以沒有踰矩，除了是因為個性乖巧聽話之外，也是因為我在面對事情時總是很難順其自然。我心裡經常會浮現一個疑問：「慢著！現在是做這件事最好的時機嗎？」我總是希望每一件事情都能依照我所期望的方式，發生在恰當的時間。但也正因為太過刻意，我往往會錯過許多讓事情自然而然發生的機會。不過，這其實也沒什麼不好，因為這些過往——老式的花飾、或許不太合宜的畢業舞會服裝、啦啦隊的表演、初戀的男友，以及我守身如玉的行為——讓我的高中生活顯得天真爛漫，成為我樂於懷想的美好記憶。

14

紅玫瑰

大學時，我在一家餐廳擔任女侍。但我表現得很差，因為那種一天到晚必須和陌生人講話而且充滿壓力的環境並不適合我。不過，我倒是在那兒遇見了我的第二個男友。常聽到一句話說：有些人只是我們生命中的過客，但他們總會讓我們學到一些東西。我想，即使我的第二個男友不曾出現，我也不會有什麼損失，因為我的生命並未因他而變得更加豐富。不過，現在我倒是明白了自己當初為何要跟他約會，那是因為他對我太熱情了，而且非常積極地追求我。這大大增強了我當時還很薄弱的自信心。有時候，這樣的經驗是有必要的。不過，他的小費給得很少。

情人節時，他送了我一束紅玫瑰，讓我感覺自己很特別，但我也覺得那種花束很制式化，沒有什麼溫度。不過，當時我並不清楚自己喜歡什麼、不喜歡什麼。我喜歡的大多數都是他喜歡的東西，例如聽阿肯（Akon）的歌和喝酒喝得醉醺醺的。當時，我還不明白一個道理：即便有人喜歡我，我也並不一定要喜歡他。

菊花

我上大學時，我的爸媽已經離婚好幾年了，而且我爸也已經開始在華府擔任公職。每逢週末，他只要走得開，一定會花許多個小時通勤，前來探望我們，但最後他被派到海外去工作，一年只能回來個兩、三次。他不在時，我偶爾會去他家察看一下。他雖然人不在家，還是喜歡家裡有花。有一年，我買了兩盆菊花放在他的門廊上。那些菊花看起來蓬蓬鬆鬆的，開滿了泛著寶石光澤的紫紅色和古銅色花朵。我之所以選擇菊花，是因為它們象徵著即將到來的舒爽季節，而且我知道它們很耐寒。由於我念書的學校距離我爸家有好幾個小時的車程，因此我勢必無法經常來照料他家的花，而菊花可能是入秋之後能存活最久的花。此外，由於當時爸爸的家空蕩蕩的，我每次一個人前往時總是有點兒害怕。有了那兩盆菊花，那個家便有了生命的氣息。從屋外看過去，彷彿爸爸還在家。

16

貓草

 ⟨⟨⟨⟨⟨⟨⟨

二十歲那一年，我收養了「史班奇」。其實原本是我和我的室友一起養的，但牠幾乎立刻就成了我專屬的寵物。

當時，我們並沒有打算要養貓，只是為了好玩而去瞧一瞧，結果就看到了史班奇。牠很快就成為我的靈魂伴侶，也是我最好的朋友。我還記得我上完課開車回家時，一想到家裡有一隻小貓可以陪我玩耍，就興奮極了。我一直很小心地呵護牠。儘管牠看我的眼神往往都很冷淡，但我還是想方設法博取牠的好感。家裡到處都是我買給牠的玩具。其中牠最喜歡的似乎是一隻肚子裡塞著貓薄荷的河狸布偶。牠會銜著那個布偶到處走來走去，尤其是在牠要睡覺的時候。我從沒想到自己會如此深愛著一個生命，但打從一開始，史班奇就攫住了我的心。

一年後的某一天，我和我的室友發現史班奇不見了。當時距離我們上次看到牠已經過了好幾個小時。這已經超出貓咪通常睡午覺的時間了，於是我們便在公寓裡四處搜尋，但還是一無所獲。一想到牠有可能已經跑到外面去了，我真是害怕極了。我拎著一包貓兒愛吃的點心，在外面到處走來走

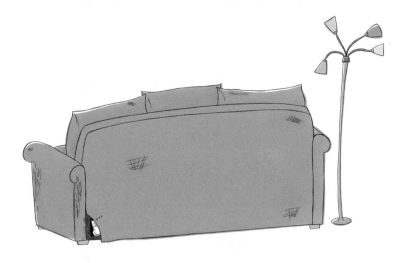

去，一邊呼喊著牠的名字。想到自己沒有把牠照顧好，讓牠孤孤單單地獨自在外面流浪，我心裡無比難受。

後來，我哭著打電話給媽媽。她知道後便打算第二天早上開車過來，幫我在社區裡張貼「尋貓啟事」。我們講完電話後，大約過了一個小時，我的室友感覺家裡的那張長沙發好像動了一下，接著我們就看到史班奇從沙發底下的一個洞裡面冒了出來，一副睡眼惺忪的模樣，似乎方才睡了一場好覺。這對我來說簡直就像惡夢初醒一般，讓我大大鬆了一口氣！不久，這就成了我們津津樂道的一件趣事。

現在，我每次碰到不好的事情時，心裡總是會期盼那種惡夢初醒的感覺能夠再次出現。史班奇藏身的那張長沙發是我和室友在「克雷格列表」（Craigslist）這個網站上找到的二手家具，已經很老舊了，但這件事情發生後，我們也沒有把

那個洞補起來，只是每次一屁股坐下去的時候會小心一點，以免壓到牠。

　　大學畢業後，我和史班奇搬回家中，和家人同住。後來，由於牠開始喜歡咬家裡的盆栽，我們只好把那些盆栽放在高高的架子或書櫃上，讓牠搆不到。但因為牠喜歡吃葉子，於是我便為牠買了一小盆專門讓貓啃咬的草，心想這再適合牠不過了。那盆貓草不僅長得高，還很新鮮，而且就算被吃掉，也會不斷長出新的葉子。我們把它放在廚房的窗戶旁一個專門為牠搭建的架子上，但後來我發現史班奇對被當作禮物送到牠眼前的植物毫無興趣，幾乎從來不曾碰它。儘管如此，後來那幾年，我還是三番兩次地買貓草給牠，但牠還是一樣碰都不碰。

17

雛菊

七月一天晚上，我去男友的住處和他廝混。當時，他並沒有讀大學，但我是大學生，所以我至今還是稱他為我「大學時期的男友」。他住在他父母家的地下室。我晚上下了課、做完功課後就會去和他見面，但幾乎每次都得趕在深夜或黎明他爸媽起床之前離開，因為他們一家都是天主教徒，而且我想他們也會在意鄰居的觀感。

那天晚上，我一走進他的住處，就看到了一瓶顏色鮮豔的雛菊。他告訴我那是要送給我的，但我並不相信。這或許是因為那些雛菊是插在花瓶裡的，並沒有用包花的紙包起來。另外一個原因可能是：他只是指著那瓶花（就像指著家裡的某個擺設一般），說要送給我，並沒有把它當成禮物一般地拿到我面前。因此，我相信他純粹只是臨時想到要送給我罷了，那個意思就像是在說：「嘿，我有這些花耶！妳要不要？」）於是，第二天早上，當我睜著一雙惺忪的睡眼，偷偷摸摸地從他的住處溜出去時，就忘記把它們帶走了。

18

粉紅玫瑰

我 二十一歲生日時，收到了爸爸送來的一束花。裡面有淺粉色的玫瑰、象牙色的滿天星和高山羊齒的葉子（很經典的組合），旁邊還附著一張卡片。想到他如此貼心，送我這般精緻、美麗的花束，我不禁非常感動。現在，我已經不太記得卡片上究竟寫些什麼了，只記得他說了一些有關長大的事情，而且語氣很溫柔。

當時，他仍舊在海外工作，但我們經常透過電子郵件通信。有時。他也會打電話給我。我知道我應該更常打電話給他，也想這麼做，但我並沒有。結果，翌年四月，他就過世了。我們最後一次交談是在電話上。在掛掉電話之前，我差點沒對他說「我愛你」。雖然後來還是說了，但其實心不甘情不願，只是行禮如儀。這是因為那次在電話中，我們針對某件事（究竟是什麼事，我已經不記得了）有了爭執。他認為他比我懂，我也認為我比他懂。然而，無論我們多麼常為一些現在已經無關緊要的事情發生爭執，無論我認為他的某些想法有多麼古板，我始終確定他是愛我的。這點從未改變。

葬禮花圈

我在電話中聽到妹妹啜泣著告訴我：「爸爸走了。」的時候，腦海中的第一個念頭是：「喔，今晚不能上酒吧了。」當時，生命尚未變得沉重，因此在星期六的夜晚，我們通常都會出去喝點小酒、找點樂子。所以，聽到爸爸過世的消息，我的第一個念頭就是我們的社交活動得暫停了。然而，當我意識到這件事所代表的意義時，我就一下子回到現實，明白了事情的嚴重性。我反覆地咀嚼著這個消息。時間彷彿慢了下來，幾乎暫時停止了。過沒多久，我就倒在地板上，開始大聲哭泣，哭到快要嘔吐的地步，而且兩腳發軟，站不起來。過了幾個小時後，我的家人就趕了過來，把我接走。當天晚上，我就睡在妹妹的床上。

為了父親的葬禮，媽媽訂了一個掛在金屬架上的花圈，上面有紅、白、藍三色的玫瑰花與康乃馨。我們之所以選擇這幾個顏色，是因為爸爸非常以他的退伍軍人身分以及他在政府機關和軍方的工作為榮。後來，媽媽又帶我和妹妹去「傑西潘尼」（JC Penney）百貨公司選購葬禮時要穿的黑色洋裝。在葬禮的末尾，我握住妹妹的手，聆聽他們鳴槍向

父親致敬的聲音。當時正值四月，天氣非常晴朗。有幾個在外頭散步的行人在經過葬禮會場時停下了腳步。他們或許是出自敬意，但也有可能是基於好奇。看著他們，我心裡想：在別人生命中最糟糕的一天，看著一個和自己並不相干的場景，然後很快就將它遺忘，那究竟是怎樣的一種感覺呢？

我把我們在葬禮中所收到的花通通都倒掛在媽媽放雜物的棚子裡，讓它們漸漸風乾，因為我覺得葬禮一結束就把那些花都扔掉，實在是太浪費了。或許我是想把一個悲傷的經驗轉化為某種美麗的事物，也可能我是想把那些花變成可以在家裡擺設的物件，藉以紀念父親。當葬禮過了一、兩個星期，生活似乎已經恢復正常，人們也不再經常前來問候我們或打電話過來時，日子開始變得很難熬。我明白生命不可

能永遠不會改變，但看到別人都能重新回到往日的生活，我還是覺得很難過。爸爸的死彷彿是我生命中的分水嶺。對我而言，那些天真無邪的日子如今都成了過往。有好幾年的時間，那些花一直掛在棚子裡，變得一碰就碎，而且佈滿灰塵，最後終於被我們扔了。

聖誕紅

幾個星期後，我決定申請去德國的研究所念書。有一部分原因是為了逃避，另一部分則是為了追隨我大學時期的男友。他要去法國念書了。

出發時，我完全沒有緊張或害怕的感覺。在飛機上，當我的鄰座讚美我很勇敢，能夠隻身一人離鄉背井時，我還挺得意的，心想：「這哪有什麼大不了的！」然而，在法蘭克福下機後，我聽到四周的人講的都是我不太熟悉的語言，這才意識到自己真的已經身在異鄉、舉目無親了。雖然這是我自己所做的選擇，但我心裡還是非常難過。在法蘭克福短暫停留期間，我一直努力壓抑那種想哭、想吐的感覺。

抵達柏林後，我試著要把我那兩個大皮箱拉上火車，但費了好大的勁兒還是沒有成功。幸好，這時有一個好心的男人前來幫忙。我心想他不知道是否看得出我已經快要哭出來了，還是我那種無助的感覺根本都寫在臉上了。接下來的那幾個小時，

我不僅精疲力竭，胃也翻攪得厲害，直到我抵達那座名為「德紹」（Dessau）的小鎮，看到一個熟人的朋友前來接我時，才感覺好過一些。

當晚，我便打電話給媽媽，很肯定地告訴她我來德國是個錯誤，過幾天我就會搭機回家了。但她安慰我，說我一定不會有事的，而且一定能在德國過得很好。現在，我已經知道她當時或許很希望我能趕緊搭機回家，但她對我很有信心（她向來如此）。於是，我便聽她的話留了下來。在睡了一覺、吃了一些 Cheerios 之後，我就沒那麼難受了，此後的日子也就一天比一天好過了。

聖誕節時，我買了幾盆聖誕紅放在我的房間裡當裝飾。聖誕節前，我在百貨商店裡看到這些聖誕紅時，簡直興奮極了。我想：既然史班奇不在我身邊，我應該買幾盆聖誕紅來慰勞一下自己。我可能是想用它們來

取代史班奇的地位，好讓自己有一些小東西可以照顧，順便有個伴兒。它們雖然不會在晚上無緣無故地喵喵叫，也不會因為肚子餓了而在早上六點鐘就輕拍我的臉頰，把我叫醒，但總比沒有好。再說，它們也是我在那個陌生的國度裡熟識的東西，可以讓我有一種安定感。更何況，它們那豔紅的花朵、深綠的葉子以及用閃亮的錫箔紙包著的小盆子，也滿足了我對聖誕節的嚮往。它們使我想起在家裡過節的時光。我喜歡有它們作伴。唯有用這些屬於節日的物品來裝飾我的房間，我才不會一直想到自己無法在家過節的事實。

非洲堇

在德國讀研究所的第二年,我在我的公寓房間
的窗台上擺了一小盆非洲堇。那間公寓是我和班
上的兩個同學合租的,裡面有一個小小的陽台可以俯
瞰附近一帶的紅磚屋頂。從廚房的窗戶往外看,可以看到隔
壁的那所「包浩斯學校」。那盆非洲堇我是在本地的「考夫
蘭德」(Kaufland)超市買來的,雖然植株矮小,卻開著鮮豔
美麗的紫色花朵,看起來很健康。它的盆子很小,底下還墊
著一個接水盤。

那一年的上半年,我過得很愜意。我們班每個週末都會
舉行派對,有許多從考夫蘭德超市買來的便宜的酒可以喝,
還可以聽著「傻瓜龐克」(Daft Punk)樂團的電子音樂無拘
無束地跳舞。感恩節那天晚上,我們在工作室裡
舉辦了一場派對。我用我的小烤箱做了一個
紅薯派,一個德國朋友則烤了一隻火雞。
我還記得派對結束後,我把剩下的火雞帶
回家,準備留著隔餐吃,沒想到第二天
早上醒來時卻發現它還放在我的書桌上。

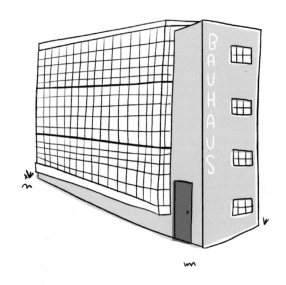

　到了下半年，我變得孤單又沉默，因為我和我的大學男友的遠距戀情結束了，而且是他提出分手的。我的心都碎了。

　我們兩人到了歐洲之後的第一年，經常往返於法國和德國兩地，探視對方，也曾相偕前往好幾個風光迷人的地方旅行。那是我生平第一次談戀愛，有一種飄飄欲仙的感覺。更何況，我們談戀愛的場景不是在威尼斯運河上，就是在夜裡燈火輝煌的艾菲爾鐵塔旁，不是在他那可以看到阿爾卑斯山雪峰的臥室裡，就是在古色古香的火車站前。在這種情況下，我難免會覺得我們之間的愛情就像一個美麗的童話故事。利用週末的時間飛到法國去探視男友，讓我感覺自己像是一個見過世面的人。

我們分手後，我不停地哭泣，那種心痛的感覺就像我父親過世時一般。雖然失去的東西不同，但一樣都是那種「你所愛的人從此就消失了」的感覺。這是因為我和男友住在不同的國家，未來的人生規畫也不相同，一旦分開，就不太可能會再碰面了。因此，對我來說，他就像是已經死了一樣。

　　我們在一起時，我崇拜他的一切。如今我才明白這樣的感情是很難持久的。當我終於意識到這一點時，心裡真的很不好受。如今我已經明白，那樣的戀情看起來很美好，聽起來也很動人，但卻不是你在粗糙的現實生活中可以依靠的事物。我想，我如果繼續和他在一起，很可能就必須一直努力保持苗條的身材和年輕的容貌，而且不能在他面前展現出自己的弱點。我們在一起時，他經常會指出我的缺點，而這些缺點是我從來不曾注意到的。有一回，他說我沒有「腰窩」。現在我已經知道所謂的「腰窩」就是人們口中的「維納斯的酒渦」（dimples of Venus）。但當時我甚至不知道世上有這種東西存在，更沒想到居然會有人在意它。他讓我覺得自己是個次級品，不符合他的標準。

　　我感覺自己只是他生命中的過客。事實上，我們只是兩條偶然交會的線，不可能一直交疊，但我卻一直緊抓不放，試圖讓它們永遠不會分開。最後，我還是被推開了，而且分手時他還說了一句讓我非常難堪的話：「我已經不愛妳了，

而且這種感覺已經持續好一陣子了。」從此，我就被迫回到了自己的軌道。那時，我才真正長大，也才開始意識到自己到底喜歡什麼、有什麼期待與需求。那是之前一直被我忽略的東西。如今，我很慶幸他當時離我而去。

　　和他分手後，我經常一個人關在房間裡，藉著工作、讀書、烹飪、慢跑和到附近的森林公園散步打發時間。我經常坐在森林的湖邊我最喜歡的一張長椅上，或者看看書，或者什麼事也不做，光是坐在那兒聆聽四周的鳥叫聲。在那裡，我不需要應付什麼事情，可以靜靜體會溫暖的陽光照射在身上時的美好感受，享受森林裡那種既喧囂又靜謐的感覺。在那裡，我彷彿遺世而獨立，獨自置身於一個泡泡裡，除了眼前的事物，其他一切都不存在。這讓我想起小時候一個人走到那片既無房舍也無人煙的荒野邊緣，不知道那裡有些什麼，彷彿到了世界盡頭的那種感覺。但不同的是，這回我已經不再感到恐懼，而是滿懷希望，覺得未來充滿了可能性。這時，我終於明白爸爸當年為什麼會說，那棟房子給人的感覺就像大自然裡的一個庇護所了。

　　和男友分手兩、三個月之後，我終於完成了學業。但我並沒有立刻搬出當時所住的公寓，而是又在那裡多待了一個月。當時，我認識的人都去柏林或歐洲的其他城市找工作了。我雖然認為自己也應該這麼做，但內心其實有些抗拒。

後來，我向柏林的一家機構提出了實習的申請，而且也參加了他們的面試，但我還是每天都很想回家。

有一天清晨，我從睡夢中醒來時，發現外面正嘩啦啦地下著大雨，而且雷聲轟隆。我起身把非洲菫旁邊的那扇窗戶關上，然後就再次爬上床。在這樣可怕的天氣裡，我感覺既淒涼又孤單。於是，我便決定要回家了。想到自己很快就可以返抵家門，我頓時就有了一種安定感。後來，我離開那間公寓的時候，並沒有帶走那盆非洲菫。

22

白鶴芋

每次利用寒暑假的時間回國探視家人時，我都會去雜貨店買幾罐德國啤酒，帶到爺爺家跟他對酌。我喜歡和他分享這類簡單的事物，這讓我有一種很特別的感覺。我完成研究所的學業，搬回家住之後，偶爾也會做德國人常喝的一種名叫glühwein的香料熱甜酒給他喝。他雖然好像不是很喜歡，卻從來不提。爺爺就是這樣的人。他在許多方面都很頑固，卻有一副好心腸。

那年的感恩節，我們全家一起吃了一頓美好的晚餐。但是幾天之後，爺爺就被送進了醫院，而且此後就一直靠儀器維持生命。最後，醫生終於要把那些儀器關掉了。他問我們在那之前是否要和爺爺獨處片刻。於是，我便親了一下爺爺那滿佈皺紋的蒼老面頰，向他道別。那時，我感覺自己好像靈魂出了竅，正在某個地方看著自己。我多麼慶幸我能及時回家和他相見。

葬禮結束後，我們把剩下的白鶴芋帶回家。事實上，當時被我們帶回家的植物很多，但後來白鶴芋活得最久，因此給我的印象最深刻。我相信它們之所以經常被用在葬禮上，就是因為它們的壽命比較長而且很容易照顧。我們帶回家的那幾盆白鶴芋長在小小的柳條籃裡，頎長的花莖上開著潔白的花朵，葉片光可鑑人。我想，把葬禮的花卉留下來或許是個不錯的主意，可以讓我們想到逝者，並多少為我們帶來一些安慰。

　　但不知怎地，看著家裡的那幾盆白鶴芋，我想到的卻是殯儀館，以及我把手伸到爺爺的靈柩中握住他那隻僵硬的手時那種奇怪的感覺。

23

牽牛花

研究所畢業後，我一直住在家裡。這讓我很沒面子，但當時我正在創業，實在沒有錢自己租房子。那段期間，我和別人見面時，總是不好意思告訴他們我住在哪裡。在聚會的場合，只要有人問我：「妳從事什麼工作？」我就會很緊張，並且只好以問代答：「呃，畫畫吧？」看到別人的臉書貼文，我總是既難受又羞愧，覺得自己好像遊手好閒，也感覺自己想要創業的念頭似乎很不切實際。親朋好友之所以支持我，只是因為他們很好心，不想潑我冷水罷了。那段期間，每當別人談到有關健保和401K退休金計畫時，我就像個局外人一般，而且談話結束後，我總是覺得自己正在做一件很蠢的事。

我一直有一種感覺：我這一生中好像從來都不知道自己在每個階段該做什麼。別人對此似乎都胸有成竹，但我卻是一片茫然。那種感覺就像是看著別人一個個都搭電扶梯上樓，而自己卻在吃力地爬著一座又長又彎的階梯。高中時，我的同學都在挑選自己想念的大學以及想要主修的科目，我卻感到很不解：在這樣的年紀，我們如何能夠做出這樣一個

可能攸關我們未來人生道路的
抉擇呢？後來，我決定攻讀平面
設計，因為這個科系聽起來還不
錯，而且平面設計師也算是一個
體面的職業。事實證明，我發展
得還不錯，也因此成了一個插畫家。不過我想，或許當時我
無論做了什麼選擇，結果都不會太差吧。

　　住在家裡的那段時間，我雖然經常為了生活和工作而
發愁，但日子還是過得頗有樂趣。我很慶幸現在我不需要說
我那口破德語就可以到處走。同時，我經常去戲院看電影，
也常和家人一起去那些我在國外很想念的餐廳吃飯。此外，
我很高興自己能再度和史班奇在一起，也很高興能經常和我
的好朋友們見面。我喜歡把我之前錯過的那些電視節目找來
看。夏天時，我也喜歡幫媽媽照料家裡的盆栽以及在園子裡
種植花草。

　　我曾經試著用小時候從爺爺那兒學到的方法來種牽牛
花。爺爺種的牽牛有翠綠的葉子和鮮豔的藍紫色花朵，而且
它們會沿著鐵絲一直蔓延到屋頂上，讓午後的陽光曬不進家
裡。每當我想到夏天時坐在爺爺家的門廊上的情景時，腦海
中就會浮現那些牽牛花的模樣，耳邊也會響起哀鴿咕咕鳴叫

的聲音。現在，哀鴿已經成了我最喜歡的一種鳥。

　　當我開始試著自己種牽牛花時，我挑選的品種就是記憶中爺爺所種的那個天藍與深紫夾雜的品種。其中有幾株後來沿著門廊側邊的架子爬到了屋頂上，有幾株則纏繞在門廊的欄杆上。秋天到來時，我遲遲沒把它們砍掉，或許是因為我正忙著為自己的人生抉擇而發愁吧。

24

垂絲海棠

~~~~~~

母親節時，我和妹妹為媽媽種了一棵垂絲海棠。那是我們一起到苗圃去挑選的。媽媽因為受了爺爺奶奶的薰陶，在大學時又上過各種相關的課程，因此對花草樹木頗有研究。我之所以認得垂絲海棠，就是小時候從她那兒學來的。我和妹妹在苗圃買了那棵樹後，便請那裡的一個年輕小夥子幫我們把它搬上車。後來，它就像個矮矮胖胖、和鄰座坐得太近的乘客，被塞在我的車廂內，一路讓我們載回了家。

到家後，我們決定要先把它種下去，才讓媽媽出來看，因為這是我們給她的一個驚喜。我和妹妹之前從未種過樹，幸好苗圃有附說明書。於是，我們便合力研究該如何把它種下去，才不會害它夭折。其間的過程還挺好玩的。最後，我們終於把它種好，而且我和妹妹都自認已經盡力了。媽媽看到這棵垂絲海棠後，也很開心。它到現在還活著，而且每年春天都會開出洋紅色的美麗花朵。

25

迷迭香

我 不是很高明的園丁，也不太會照顧花木，但我喜歡那個過程。對我來說，在庭園裡蒔花種草能夠讓人神清氣爽、俗慮盡消。我喜歡那些種類繁多、任君挑選的植物，以及土壤和綠葉所散發出的大地的氣息，也享受溫暖的陽光照射在皮膚上的感覺，以及費勁挖土耙地時的滿足感。在庭園裡幹活時，我戴的是我在車庫裡找到的一雙既老舊又笨重的工作手套，有時甚至不戴。為了不傷害我的臀部和膝蓋，我蹲在地上的姿勢看起來也可能有些怪異。我知道自己這副模樣看起來或許不像是個園丁，但我並不要求完美，因為這一生中我從未用「正常」或者「和別人一樣」的方式做事情，因此在從事園藝工作時，我也只求個舒服自在。

在種植有些植物時，我是直接播撒種子，但大多數時候，我還是會去本地的園藝商店內的苗圃選購種苗。我

種了幾棵羅勒，還用它們的葉子做了一堆青醬。我也愛種迷迭香，喜歡看它們從幼苗長成一小叢形狀蓬鬆的常綠灌木。在選購種苗時，我會挑那些莖幹看起來很健壯、耐寒的植株。通常，我一次會種個兩、三棵。儘管每年夏天我都會嘗試種植不同的植物，但每次購買種苗時，購物籃裡都少不了迷迭香。把它們種下去之後，我每次在園子裡澆水或拔草時，都可以在夏日霧濛濛的空氣中聞到它們那帶著些許森林氣息的味道。

我雖然並不常用迷迭香做菜，但仍舊每年都種，因為我太喜歡它的氣味了。我常會用手指一邊搓揉它們那有如松針一般的深綠色葉子，一邊懷想我生命中那些與迷迭香有關的事物，那些溫暖、神奇、簡單、美好的時光，例如爸爸在週末時做的香草燉肉；我和妹妹一邊聽著「超級

男孩」（NSYNC）的《回家過聖誕》（*Home for Christmas*）專輯，一邊用閃爍的金屬泊裝飾那棵道格拉斯冷杉的情景，以及我坐在德紹的森林公園裡的長椅上時那些陪伴著我的安靜的松樹。

SUCCULENT SALE!

26

生石花

有一年夏天，我買了一種小小、胖胖的多肉植物。它的模樣就像兩個肥嘟嘟的屁股蛋，高度大約四、五吋，種在一個黑色的小盆子裡，顏色是淺綠色的，頂端有些斑點。兩個屁股蛋中間有一個大大的、有如股溝般的裂縫。它的形狀有點像心型，看起來圓鼓鼓、矮胖胖的，非常討喜。

那天，除了生石花之外，我還買其他各種多肉植物，包括一個被標示為「咕嚕」（Gollum）的品種。這個名字聽起來有點好笑，使我想起了《魔戒》裡面的人物。我買了那盆生石花後，就把它放在媽媽家的門廊上，但一、兩個月之後，它就消失不見了。我猜那可能是某隻松鼠或花栗鼠的傑作。

27

向日葵

我在一家園藝商店買了幾包向日葵種子。我喜歡它們那色彩鮮豔、歡欣鼓舞的模樣，尤其在花兒盛開之時，更是美極了。不過，你如果近看，就會覺得有點兒噁心，因為花心通常都會有許多小小的蜘蛛和蟲子。這讓我想到自己的毛病。我也常因為把事情看得太清楚，而破壞了其中的美感。有些事物從遠處觀賞，或許顯得歡樂、美好，但一旦近看，就會發現其中有許多並不美好的地方。

28

杯子蛋糕花

我二十八歲生日的那一天早上，收到了花店送來的一盆花。它的形狀就像一個杯子蛋糕。盆子是綠色的，上面有稜紋，看起來像是杯子蛋糕的紙托，裡面種著軟粉色的康乃馨，上面點綴著看起來像是糖霜的白色雛菊，最上面還放著一顆假櫻桃。花盆上有一張小卡片。上面的字是老一輩慣用的草寫體，看起來很像我的阿姨的筆跡。我一度以為那是她送給我的禮物，但後來才發現那是我的男友喬比送來的，讓我非常感動。想到他特地向花店訂了這盆花，還請他們連同卡片一起送過來給我，我心中不禁一陣悸動，眼裡也湧出了淚水。這是我從不曾有過的感受。通常我收到別人送的禮物或卡片時，都不會有這種反應。

我和喬比是透過幾個朋友的牽線在某年六月的一場生日派對上邂逅的。當派對的場地轉移到一個廉價的小酒吧時，我們為了不想掃朋友們的興，也跟著去了。由於我們兩個都不擅社交，因此後來自然都待在同一個角落裡。那天晚上，我問他叫什麼名字至少問了五、六次。當他向我要電話時，我以為他可能是想問我

什麼事情，或者純粹只是出自禮貌而已。

　　接下來的幾個星期，我們見了幾次面。後來，我每次想起他時，心裡總是不由得小鹿亂撞、心跳加速，彷彿搭乘雲霄飛車還沒開始進行恐怖的俯衝之前那種一直上升再上升的感覺。當他看著我時，我內心總是一陣悸動。每次和他親吻後，我隔了一陣子都還可以感受到他那出奇柔軟的雙唇。當他碰觸我時，他的手指頭彷彿有電流一般，讓我一陣酥麻。那段期間，我一直有一種飄飄欲仙的感覺。

　　在別人眼中，我們是兩個很不一樣的人，外表看起來恰恰相反，在許多方面的品味也不相同。他老是穿黑、灰之類的深色衣服，身上還有大片刺青。我則喜歡穿有花卉圖案或

暖粉紅色的服裝，也喜歡逛迪士尼樂園、看《暮光之城》系列的電影。但有時我會想：如果人類是用某種材質創造出來的，我和他一定是用同一種原料（可能是星塵吧！）做的。當我向他坦承內心的脆弱，以為世上唯獨我有這種感覺時，他往往會說：「我也是呢。」

杯子蛋糕盆花來得正是時候，因為當時我和喬比的關係剛剛破冰。事情是這樣的：那個夏天剛開始時，我帶著史班奇住進了喬比的公寓，但他那隻名叫「小貓臉」的貓兒並不歡迎。打從一開始，兩隻貓對彼此的印象就很差，但接下來的兩、三個月，情況更加惡化，以致我們不得不暫時把牠們關在兩個不同的房間裡。問題是，喬比的那間公寓很小，在兩隻貓互相對峙的情況下，屋裡的氣氛簡直像是戰區。史班奇看起來既沮喪又害怕。我氣「小貓臉」對史班奇這麼不友善，也氣喬比養了一隻這麼兇惡的貓。喬比則對我把帳算在他頭上感到很無奈。我想，現在這間公寓原本應該是我的家，但我住在裡面卻並不舒服，真是糟糕透了。我原本預期和喬比住在一起會是令人興奮、喜悅的經驗，沒想到實際上完全不是那麼一回事。我很嫉妒那些能夠快樂地過著同居生活的情侶，尤其是雙方的寵物能夠和

睦相處的人。那段期間，我只要一有空就會觀看動物星球頻道播出的《管教惡貓》（*My Cat from Hell*）節目，研究主持人傑克森・蓋勒克西（Jackson Galaxy）所提供的點子，並到處尋找合適的貓咪費洛蒙噴劑，甚至還利用谷歌搜尋是否有人因為貓咪而分手。

　　經過一段時間後，我們開始讓兩隻貓在有人監看的情況下碰面。我們會把牠們分別放在不同的遊戲護欄裡，讓牠們可以隔著一段距離看見彼此。同時，我們也會用同樣一隻襪子為牠們按摩，以便讓牠們的氣味愈來愈相像。最後，牠

們終於能夠待在同一個地方了。雖然牠們還是對彼此沒有好感，但至少大多數時間都可以各過各的、井水不犯河水。這已經是一大進步了。

然而，那個夏天尚未結束，喬比就生病了，必須動手術。這時，我對他的感覺又回來了。我不再把他當成我的死對頭的主人，而是我想要照顧也必須照顧的男友。於是，我卸下了我對他的心防。這也許是幾個星期後我收到那盆花以及那張語氣溫柔的卡片時會那麼激動的原因。卡片上寫著：「我愛妳，也喜歡和妳一起生活。」是的，即使我們的生活過得亂七八糟，但至少我們是一起度過的。

29

空氣鳳梨

我種空氣鳳梨是為了犒賞自己。它看起來小巧可愛，有著像鼠尾草一般淺綠又泛著一些柔白的草狀葉子，底部被黏在一根深褐色的漂流木上。我是在工藝市集擺攤結束後，和隔壁帳篷的賣家聊天時將它買下來的。

有了史班奇之後，我特別注意哪些植物對貓無害、哪些是有毒的。經過一番仔細的研究，我記住了那份清單。空氣鳳梨便是屬於對貓無害的植物，但為了小心起見，我還是把它放在一座架子的頂端。我想，我應該也算是那種會過度保護小孩的「直升機媽媽」吧。不過，我並不在乎這樣做是不是很奇怪。

我們住的公寓光照並不充足，尤其是在靠近天花板的架子頂端。我相信這是那株空氣鳳梨後來之所以逐漸變白而且一碰就碎的緣故。我因為太擔心史班奇的安全，以致害死了它。既然我已經知道各種植物對貓的毒性，當初就不需要如此小心翼翼，應該把那株空氣鳳梨放在陽光比較晒得到或至少和我的視線等高的地方。

開運竹

情人節過後，隔了幾天，喬比送了我一盆開運竹，以表示他對我的歉意，因為他向來不太知道過節時應該送我什麼。那盆開運竹有三枝嫩綠色的竹子，看起來生意盎然。盛裝的容器則是一個材質光滑、形狀並不對稱的陶罐，不僅造型簡約，也頗有異國風情。我把這盆開運竹擺在一個很高的書架上。那裡的光線雖然不好，但因為這種竹子對貓有害，我也只好如此。喬比並不知道它有毒。他只是想送一樣符合我的心意的禮物，所以我並不想煞風景，讓他難受。

說起來，我對喬比實在太嚴苛了，尤其是在一些其實無關緊要的小事上。比方說，我之前就曾經對他慶祝情人節的方式感到失望。現在。我們兩個在過節的時候多半都是彼此陪伴，創造一些回憶，不太會送禮物給對方，因為我已經明白這樣的方式更有價值得多，但從前我可不是這樣。當時，我如果在社群媒體上看到我的朋友或熟人在情人節收到了什麼禮物，但我卻沒有，就會拿來比較。這種行為真的很蠢，但我的個性就是這樣，事事都要和別人比較，而且愈是親近的人，我對他們就愈嚴苛。儘管我知道人們在社群媒體上所呈現的都只是他們光鮮亮麗的一面，但我還是會忍不住拿自

己和和他們比較。如果我感受到的和我在別的地方看到的不一樣，我就會認為它不夠真實，或者沒那麼好。就因為這樣，我毀掉了許多原本可以很美好的事物。

之後，在同一年，我又毀了一次美好的求婚儀式，只因為它不符合我原先的期待，而且我的感受也和我原先所想像的不同。事情是這樣的：那次喬比以單膝下跪的方式向我求婚，請我嫁給他，但由於我們之前從未談論過婚嫁之事，而且我也不確定自己是否已經做好了準備，因此我不僅沒有欣喜若狂，反而感到心煩意亂、驚慌莫名。儘管如此，我仍然覺得自己好像不應該拒絕他，於是便答應了。當時，我感覺自己就像一個機器人，只是被動地做出機械式的回應罷了。在這樣的時刻，大多數人應該都會喜極而泣，但我卻害怕得差點哭出來。我原先以為我要結婚時一定會歡天喜地地昭告大眾，但此時此刻，我卻只想躲進棉被裡，不想告訴任何人。過了大約兩個小時之後，我只得告訴喬比我必須改變主意，但「我不是不想和他結婚，而是不想現在就結婚」。既然我的內心感到如此驚慌，我實在無法裝出一副興高采烈的樣子。

於是，我們又等了一年。後來有一天，當我們在一家小館子吃早餐時，我告訴他如果他現在再次向我求婚，我會答應的。不久後，他真的向我求婚了，雖然當時的場面並非十全十美，但我選擇睜一隻眼、閉一隻眼，以免再度把事情搞砸，更何況我實在不應該再為難他了。那一次，他再度應我的要求單膝跪地，但當時我正穿著睡衣，嘴裡還咬著防止夜

間磨牙的膠套，因此我還得把嘴裡的膠套拿出來才能對他說：「我願意！」這並非我之前所想像的場景，但一直以來，他都很有耐心地在等我。即使我之前的反應讓他受傷，他也從來不曾讓我覺得我不應該那樣。

如今想來，我實在不明白自己為什麼要拿他來和別人做比較。有時想到從前類似這樣的情況，我自己都會覺得很不好意思。不過，我並不後悔讓他多等一年，因為我已經明白，我在面臨重大改變的時候，總是會特別不安。雖然在過程中，我讓他受到了傷害，但那只不過是因為我需要多一點時間罷了。每次面對新的局面時，我都需要一段時間才能適應，有時甚至會很難做決定。然而，儘管我有這些毛病，他對我的感情始終不變。雖然我有著種種疑慮，但他一直對我很有把握。

如今，我正在學習如何在面對可怕的事物或困難的情境時，不要一下子就急著逃跑。過去的我總是做著隨時開溜的準備。如果別人有可能會離開我，我就會先自己離開。如果我覺得他沒有把我的話聽進去，或者他做了什麼讓我討厭的事情、說了什麼讓我抓狂的話，我就會告訴自己：「這不是我要的。我不需要任何人。」在面對那些讓我受傷或害怕的事物時，我往往會想把自己切割開來。但如今我正在努力學習抑制這種衝動，因為它總是會過去的，更何況我實在不想錯失我和喬比在一起時的美妙時光。

看來，那盆開運竹果然帶來了好運。

31

波士頓蕨

我真的一點也不喜歡我們住的那間公寓。它既陰暗又狹小，而且總是有一股怪怪的煙味。為了讓它看起來更溫馨舒適一些，我便買了幾盆植物，其中包括一盆吊蘭和一籃波士頓蕨。這兩個盆栽是我在勞氏居家裝修店（Lowe's）選購的。那波士頓蕨葉子是深暗的森林綠色，長得十分茂密，使我想起我和喬比從前在森林裡健行時所看到的蕨類植物。我把它帶回家後，就把它放在高高的架子上，像家裡的其他植物那樣，但它後來居然活了很久。

有一天深夜，我聽見史班奇在喘氣。牠看起來已經渾身乏力，不太能動了。我告訴喬比我們得帶牠去給獸醫看看才行。於是，喬比便幫著我把牠抱起來，放進墊著被子（那是媽媽幫我做的一條被子）的提籠裡。到了獸醫診所後，我把臉靠在距牠的臉只有幾吋的地方，試著安撫牠。我一遍又一遍地對牠說：「沒事的！沒事的！」並親吻牠的小臉，直到牠嚥下最後一口氣為止。當時，我實在不知道自己還能說什麼。那些話固然是說給牠聽的，但如今我明白那其實也是說

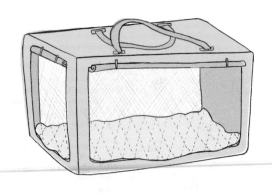

給我自己聽的。當獸醫開始解釋接下來會如何時，我完全聽不進去，心裡只有一個念頭：「天哪！這真是太殘忍、太不公平了！無論史班奇在哪裡，我都想跟牠在一起，但現在牠卻去了一個我到不了的地方！」牠這一走，我心裡那個屬於牠的部分也死了，從此再也無法回復。眼睜睜地看著我如此深愛的一條生命痛苦地死去，我的心碎成了一片片，再也無法癒合。那一年，牠只有九歲呀！

之前我已經明白牠總有一天會死的。事實上，即便在牠年紀還小、身體仍然很健康的時候，我就已經開始擔心牠有一天將會離我而去。或許那個時候我應該更充分地享受和牠在一起的時光，不要老是想著這個，讓自己被恐懼的陰影所籠罩。但我只是想讓自己做好心理準備。然而，我沒想到那一天會來得這麼快。

我的一個朋友曾經把馮內果（Kurt Vonnegut）的一句話裝裱起來，掛在她的公寓裡，上面寫著：「我奉勸你要覺察自己感到快樂的時刻，並在當下告訴自己：『如果這不叫美好，那什麼才叫美好？』」當我心中充滿感恩，慶幸自己能夠活在這世上體驗某個光景時，經常會在心中反覆念誦這句話。當我和史班奇臉貼著臉，膩在一起時，也經常想到這句話。我會聞著牠的氣味，抱著牠，努力記住牠那個毛茸茸的小身體摸起來的感覺，並試著將牠那可愛的小臉蛋烙印在我的腦海中，因為我知道當牠不在時，我就只能靠著這些回憶來想念牠了。然而，儘管我試著記住有關牠的每一件事情，也試著做好失去牠的心理準備，但當事情真的發生時，我還是悲傷難抑。

　　史班奇死後，那盆波士頓蕨就逐漸乾枯了。它的葉子變成了褐色，而且一碰就碎，於是我只好把它扔了。它原本可以分散我的注意力，讓我不再一直想到自己再也無法照顧史班奇的事實，但它無法取代史班奇的位置。事實上，沒有任何事物可以取代牠的位置。史班奇一死，我就垮了。有好幾個月的時間，我雖然試著照舊過日子，但對我來說，每一天都很難熬，只有在睡著了、沒有知覺的情況下才能得到解脫。那段期間，我什麼都不在意，當然更不會關心一棵植物的死活。

32

藍色的繡球花

那個夏天，我和兩個摯友一起去了哥斯大黎加，期盼這趟旅行能趕走我心中那揮之不去、令人痛苦的沉重感與空虛感。我們在網路上報名參加了空中飛索體驗和咖啡莊園的參訪活動。我希望能藉著轉換環境、置身於寧靜祥和的大自然中來忘卻心中的煩憂。

在哥斯大黎加的某一天，我們來到了一座名為「蒙特韋德」（Monteverde）的山間小鎮。那裡的一家禮品店附近長著一排令人驚豔的藍色繡球花。它們的枝葉高大茂盛，花朵飽滿蓬鬆，而且是最美麗的天藍色。看到它們，我有點意外，因為我從不知道別的地方也有這種花。每次旅行時，我總覺得自己好像到了另外一個星球，進入了不同的時空，一下子被許多不熟悉的事物包圍。這時，我心裡往往會有一種不太踏實的感覺。雖然對我而言，旅行就像呼吸一樣，是不可或缺的事

物，但在旅行途中，我常常會有一種既惆悵又孤獨的感覺。這時，如果能在異鄉看到一些讓我想起家鄉的事物，我的心中就會比較踏實、安穩。因此，當我看到那些我家也有種植的繡球花時，心中就得著了安慰。

那天，我們吃午飯的地方距離那些繡球花很近。我們坐在幾張已經風化的石頭長椅上，圍著一張已經長了青苔的石桌用餐。那些食物是我們在一家餐館裡買來的，而且我們是透過比手畫腳的方式才學會西班牙文中的「外帶」該怎麼說。我們三人雖然在高中和大學時都學了一些西班牙文，但碰到比較口語的說法，有時就聽不太懂了。於是，我只好把一些字詞拼湊在一起，試圖表達我們的意思。我心想，這些話聽起來可能像五歲小孩說的，沒想到他們居然聽懂了，讓我挺有成就感的。

那一年，我們都將屆三十歲，所以才想用一起出遊的方式來慶祝，也藉此忘卻告別二字頭的惶恐。在那趟旅程中，我幾乎不曾化過妝，所穿的衣服也是以舒適為主，不重款式。自始至終，我都不曾在意自己看起來是什麼模樣。這讓我有一種得到解放的感覺。我不需要博取任何人的好感，只要「做自己」就行了。對我而言，這真是一個前所未有的體驗。

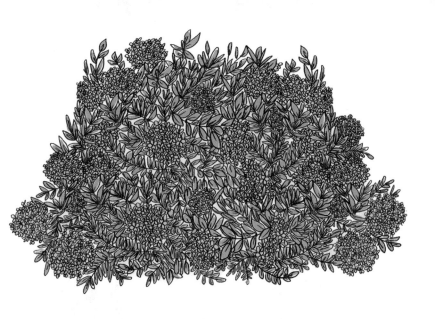

　　人生就像是一趟漫長的冒險之旅。我們從一個時刻旅行到另外一個時刻。期間我偶爾——例如在外旅遊的時候——會覺得不踏實。這時，我就必須找到一些自己熟悉或懷念的事物，才會有安穩的感覺。現在，除了其他幾種會讓我想到過去的開心時光的植物之外，我也在自己的家裡種了繡球花。

33

羅勒

從哥斯大黎加回來後，我就從失去史班奇的傷痛中走了出來，感覺自己慢慢恢復正常了。有一天，我在勞氏居家裝修店挑了一盆顏色鮮綠、氣味芬芳的羅勒，把它種在一個小巧的赤陶盆子裡。這是因為我和喬比住的公寓沒有院子（大多數的公寓都是如此），讓我很不習慣。我一直渴望擁有像我媽媽家那樣的院子和花木。有一天，我心裡想：如果我能在廚房裡種一棵香草植物，應該會讓家裡的氣氛變得好一些，於是我就買了那棵羅勒。

差不多同一時間，我也在一個二手家具店買了一張小茶几。那是我親自挑選並且自己載回家的。我為此頗感自豪。我不知道自己為什麼會有這種感受，因為在那之前，我已經有好一段時間都有能力購買自己想要的東西了。

我把那張茶几載回家後，就把它擺在廚房靠窗戶的那個角落裡，然後又把那棵羅勒放在茶几上，並且把之前在我傷心的時候被我忽視、但居然還能活下來的那盆吊蘭放在它旁邊。這個生機盎然的小角落讓我滿心歡喜。它提醒我要為自己負起責任，創造屬於自己的快樂。事實上，我早就應該開始在廚房裡種些花草，而不是一味地等待，希冀這間公寓能像變魔法一般突然變得賞心悅目起來。現在，我真的這麼做了，心情果然就變好了。

34

薰衣草

每年夏天，我都想把所有我能想到的、適合在夏天裡做的事情通通做完。這是因為我們住在紐約州北部。這裡的夏天倏忽即逝，因此我總想抓緊機會盡情享受屬於夏天的樂趣。有時，我會在便條紙上寫下我在夏天結束之前想做的事，然後再把已經完成的部分逐一劃掉。說起來，那些事都不是什麼了不得的大事，只是我所企盼的一些會讓人開心的活動，比方說在酷熱的天氣裡和喬比一起去本地的游泳池游泳、到我們家那條路上的「蓋瑞自助式莓果園」採摘飽滿多汁的藍莓，或者去阿米希人（Amish）的農夫市集，向那裡賣波蘭水餃（pierogi）的攤位訂購餃子拼盤。

有一年夏天，我和媽媽參加了一個薰衣草節活動。那是一個單純、迷人的夏日，活動的地點位於郊區的一座湖邊，距斯卡尼阿特勒斯鎮（Skaneateles）不遠。我們把車子停在一處原野上，然後便一邊吃著薰衣草餅乾，一邊逛手工藝品的攤位，還各自買了一條廚房用的茶巾。接著，我們又頂著大太陽排了很久的隊，去那裡的自助式薰衣草田採集薰衣草。當時，田裡的空氣溫暖而芳香，還有不同品種的薰衣草可

選。每種薰衣草旁邊都有牌子標明它的用途。我們坐在兩畦薰衣草之間的草地上，依照農家的指示，小心翼翼地用剪刀把花莖從第二組葉片上方處剪斷。我們剪下的薰衣草有電波紫、淡粉紅以及長春花（periwinkle）等各種顏色。

臨走前，那裡的一位女性工作人員告訴我們：薰衣草很耐命，而且其實不太需要照顧。我們心想這樣的植物真是太好了，於是媽媽便買了一株。然後，我們就帶著一張被太陽晒得發紅的臉以及吃得飽飽的肚子（我們找到了一家專賣柴燒窯烤披薩和啤酒的小餐館，在那裡吃了晚餐）打道回府了。回家的路上，我一直很慶幸自己把參加薰衣草節列入了「夏日必做之事」的清單。

35

番紅花

我和喬比搬到新家後不久，我便和媽媽一起去一家園藝商店選購我們要種的球莖植物。她幫我挑了紫蘿蘭色的番紅花、寶石紅的風信子以及鮮紅色的鬱金香。這些球莖都裝在網袋裡，看起來像是某種奇怪的洋蔥。

偶爾，我們會在週間一起吃午飯，有時也會一起去看早場的電影。但我更喜歡在星期天去探訪她。她經常會像我爺爺生前那樣，煮一頓豐盛的晚餐給我們吃。此外，我住的地方距我的兩個小學同學家很近。晚上時，我們經常會一起出去吃飯。這類簡單、平凡的活動往往會讓我有一種「心滿意足、夫復何求」的感覺。

我從沒想過我會落腳在自己從小生長的地方。我向來認為只有那些離不開家的人才會這麼做。然而，由於家人都在這裡，我的生活也在這裡，因此我還是回來定居了。每當我有機會能和媽媽一起做些日常瑣事時，我總是很慶幸自己做了這個決定。對我來說，能夠和自己所愛的人（尤其是我媽）共同度過家常的時光，真是一件讓人開心的事。

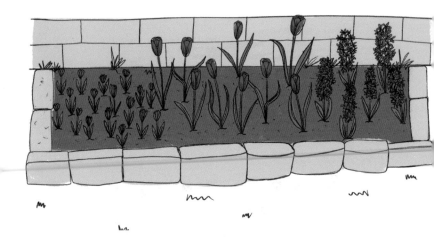

　　我想，我無論住在哪裡，或許都不會感到滿足。如果我收拾行囊，前往某個「更好」的地方居住，我會不會立刻覺得自己似乎捨棄了一些美好的事物？我會不會像歌詞裡說的：「思念總在分手後」？我在歐洲期間，雖然過著多采多姿的生活，但還是很想念自己的家。身在德國時，家鄉的一切對我而言都是如此美好。我甚至很渴望能夠看到一家「橄欖園義大利餐廳」（Olive Garden），雖然我其實並不太喜歡他們的菜色，也隨時可以搭乘廉航的班機去義大利吃正宗的義式料理。儘管如此，當我真的回到自己的家鄉定居時，卻又開始嫌棄這裡的許多事物，認為它們太過乏味。然而，一旦我真的搬到更繁華或更有意思的地方，我或許又會花許多交通費，一有空就跑回家。

因為不喜歡太過平凡的事物，因此我總是無視於眼前的美好，憧憬著不可知的未來。然而此時此刻，我腦海中浮現的卻是那天媽媽教我種植球根花卉的情景。那些花要到第二年春天才會綻放，因此我們會有好幾個月的時間無法欣賞它們的美，但真正可貴的是：我在她身邊，向她學習一些簡單的小事，一些我很久很久以後還會記得的事。

36

鬱金香

我一起床，就看到廚房裡已經擺著幾枝鬱金香了。喬比知道我喜歡家裡一年到頭都有鮮花，因為這樣會讓家裡看起來很美。我把那些鬱金香插在一個暖粉紅色的塑膠杯裡，擺在我的書桌旁。由於最近才剛下過雪，它們那有如粉紅色棉花糖般的花瓣以及油亮的綠葉在明亮的冬陽下顯得燦爛耀眼。

我從我的辦公室窗戶看出去，發現雪地上已經被鏟出了一個心型的圖案。看來喬比在大清早、天色尚未全亮的時候就已經把花擺好，並且到院子裡去把雪剷出了心型的圖案。他知道我從辦公室的窗戶裡一定看得見。

當我可以放下自己不切實際的期待，不再嚮往電影或網路上所呈現的那些東西時，我就可以看出自己眼前的事物有多麼美好。我擁有一個貼心的男人；他正努力把每一件事情都做到最好，而且也像我一樣試著理解生命是怎麼一回事。雖然他經常不按牌理出牌，送我一些奇奇怪怪的禮物，或做出一些出人意表的舉動，讓我不時感到挫折，但隨著時間的過去，我開始覺得自己何其幸運。感謝老天，幸好他願意容忍我的個性以及我腦袋裡那些莫名其妙的想法。

37

感恩節的餐桌花飾

我和喬比搬進新家不久，就辦了一場感恩節餐會，宴請我們兩家的人。那天上午，媽媽一早就過來幫忙做飯。我們一邊喝咖啡，一邊聊天。她還教我如何把火雞肚子裡那些噁心的內臟拿掉。

餐會前兩天，有人敲我家的門。我從屋前的窗戶往外窺望，想看看是誰站在門廊上，結果看到了一個陌生男子。他手裡好像拿著什麼東西。比起那些來意不明的人士，一個拿著東西的陌生人感覺好像沒那麼可怕，至少他有可能是來送禮的。當我終於用這理由說服自己把門打開時，他似乎已經準備要離開了。原來他是替一位感恩節時要來吃飯的叔叔送花來的。

那些花插在一個長方形的陶盆裡。盆身棕、綠相間，上面還有一些斑點，很像藝品市集裡展售的那些手作陶瓷器，看起來很美。盆裡插著深紅色的康乃馨、鮮黃色的向日葵、質地像天鵝絨一般柔軟光滑的珊瑚色玫瑰，以及明豔的淡黃色雛菊，旁邊還妝點著許多綠色的葉子和幾枝灰藍色的尤加利。這真是一份美好的作客禮物。它讓我猛然醒覺自己的年紀已經大到足以開始主辦節日的餐會了。

38

石楠

我在後院的石楠樹上掛了兩個餵鳥器。這幾棵石楠想必是在一九四〇年代這棟房子剛剛興建完成時種的，現在已經長得很高大了。我向來喜歡石楠，也經常在開車時和媽媽一起指認沿途所看到的石楠。它的名字（rhododendrons）聽起來很俏皮，像是《哈利波特》裡面的東西，所以我經常會故意用很拙劣的英國腔來唸這個字。

這幾棵石楠長到現在，枝條已經彎曲虬結，到處伸展，變得又高又粗，而且它們的葉子終年常綠，儼然已經成了一座有生命的圍籬，屏蔽了我們屋後的露台，使它顯得清幽靜謐。初夏時，樹上會開出豔麗的桃色與紫色花朵，枝頭經常會有許多鳥兒棲息，包括北美紅雀、簇山雀、麻雀和燕雀等，其中有好些會啄食餵鳥器裡的飼料。打從我小時候開始，我的爺爺和媽媽總是會在窗戶旁邊放置許多餵鳥器。這些年來，我從他們的言談之中，已經學會如何辨識許多種不同的鳥。如今，每當我從窗戶中看到鳥兒們在後院進食，就會想到媽媽和爺爺以及老家那棟房子，心中頓時便充滿喜悅。

我發現了一個很有趣的現象：我現在對那些我過去認為很無趣、太過簡單平凡、不夠刺激的事物，已經有了完全不同的觀感。之前，我對家人所喜愛的事物一直都不感興趣，因為我覺得和自己的親人擁有相同的喜好是一件很遜的事。但如今，我已經開始張開雙臂擁抱那些東西了，因為它們能夠為我帶來安慰，讓我感到踏實，也能提醒我：過去的時光雖然已經消逝，但卻會以不同的形式再現。當我透過飯廳的窗戶對著院子裡的松鼠和花栗鼠大吼大叫，想把牠們趕走，以免牠們把餵鳥器裡的飼料吃掉時，我總是會想到小時候媽媽拍打窗戶、看著那些松鼠一溜煙地跑走的情景，以及爺爺手持水槍，作勢要噴灑牠們的畫面。然而，如今我已經不介意自己現在就和他們當年一樣，反而為此感到欣慰，甚至以此為榮。

嫩野蕪

每當有人津津樂道他們的婚禮有多麼美好時，我總是忍不住想翻白眼。我不相信有任何一個日子可以如此完美。其實應該說是我「不願」相信，因為我總是對事情懷有不切實際的期待，並因而經常把事情搞砸，所以我便努力讓自己對我和喬比的婚禮沒有什麼期待，甚至不願意管它叫「大喜的日子」。我不希望自己會因為這場婚禮不像浪漫喜劇裡或網路上的那般別緻而感到失望。我告訴自己：無論婚禮上發生了什麼事，我都能夠接受，也會心懷感謝。畢竟，喬比是我在世上最好的朋友。只要能嫁給他，婚禮辦得如何我一點兒都不在意。

然而，實際的情況卻完全出乎我的意料之外。那場婚禮簡直如夢似幻，令人讚嘆感動，而且大家都開心極了。那是我這一生中最快樂的一天。雖然就婚禮網站的標準而言，它並非無懈可擊，但對我們來說，卻已經很完美了。我沒想到自己會如此幸運，能夠擁有一場這麼棒的婚禮。

嚴格說來，那天其實出了很多狀況。當時雖然已經是九月天，但氣溫仍高達三十二度左右（我們之所以沒有選在七月或八月結婚，就是因為夏天的天氣實在太過悶熱）。婚禮

前一晚，我們在進行晚宴彩排時，我就已經因為太過疲累而在化妝室裡哭了起來。晚宴上的食物有一半都沒有送到，還得勞駕幾位好心的賓客去拿。此外，那天晚上，旅館房間裡有一台可惡的冷氣（後來才發現它故障了）一直發出「喀！喀！哩……喀！呃～」的聲音，搞得我整夜難以成眠。由於睡眠不足，再加上心情緊張，我開始感覺有點兒想吐（現在我的手上還有當時我在新娘套房的浴室裡吃蘇打餅乾的照片）。媽媽開車載我們從旅館前往舉行婚禮的那座公園時，路上交通非常繁忙，一直塞車。車上的冷氣轟隆隆地作響。我笨拙地坐在狹窄的後座，心中暗自希望身上的禮服不會被我撐破。幸好當時妹妹就坐在我旁邊。她穿著鑲有亮片的玫瑰金色禮服，看起來成熟穩重、楚楚動人。為了讓我保持冷

靜，她開始朗誦起電影《王牌威龍2：非洲大瘋狂 》（*Ace Ventura：When Nature Calls*）中我們最喜歡的那幾句對白。但我心裡還是忐忑不安，不知道自己會不會成為史上第一個走在紅毯上時吐在自己身上的新娘。

然而，當我緊緊握住媽媽的手走向紅毯的那一端時，卻開始體會到我以為只有別人才有幸得以體會的感受。我看到站在聖壇邊的喬比已經情緒激動，開始拭淚了。至於會場和其他的人情況如何，我現在已經記不太清楚。我只記得喬比的樣子，記得我們當時置身於那片樹木環繞的草地上，面對面地站在諸親好友的面前。事後，有人告訴我，當時來往車輛的聲音有幾度變得非常嘈雜，但我完全沒有聽見。

那天擔任監禮人的是我的小姑。她就站在我們旁邊。我穿著一件有花朵蕾絲的象牙色露肩禮服，上面鑲滿了細緻的象牙色亮片，我一移動就會閃閃發光。我感覺自己很美。喬比則穿著海軍藍的西裝，在身後明亮的藍天映襯下，顯得帥氣極了。當下，我心中一片安詳、充滿愛意、深深感恩而且全然地敞開。那是我這一生中從未有過的經驗。我心想：「喔，原來結婚是這種感覺呀！」我想別人可能比我更常有這樣

的感受。那是我看似不屑但內心卻渴望能夠體驗到的一種感覺。我想這種感覺之前或許就已經存在於我心中，只是我時常想得太多，又愛操心、喜歡比較，因此才無法感受到。無論如何，那一天，我打從內心深深感覺一切是如此地美好。

我的婚禮捧花很美，而且大得幾乎讓我無法一手握住。那樣的花束正是我想要的——自然、浪漫、有些蓬亂，而且氣味芬芳。不知道為什麼，當我們意識到花兒終有一天會凋謝時，就會覺得它們的香氣格外迷人。那束捧花當中有微微泛著粉、桃兩色的乳白色「咖啡歐蕾」大麗花、嬌嫩的純白色重瓣陸蓮花（花毛茛）、光滑柔軟有如天鵝絨般的紅白兩色庭園玫瑰、小巧可愛的象牙色與淡紫色雪果、氣味芬芳且帶有森林氣息的迷迭香枝葉、形狀尖細如錐子的粉紅色「老鼠尾」、像座森林般的蕨類植物、藍綠中帶點淺灰的銀葉桉、彷彿來自苔蘚林地的蓬鬆的綠石竹、

以及形狀古怪的嫩野蕨。那些螺旋形的野蕨看起來不像真的（我一度懷疑它們是假花）。在花店把那束捧花送到新娘房之前，我根本沒聽說過這種植物。它們那蜷曲的葉子看起如夢似幻、不太真實，出乎預料、但自有其美感。現在，我發現自己也開始用同樣的字眼來形容我們那場婚禮以及婚後的生活。

後記

七個月後，我們決定收養一隻小狗。接著，在某個星期一的早晨，出養機構就把牠載到了我們家（感覺很像是某種專門宅配小狗的服務）。這隻狗體型很小，渾身柔軟的金毛，有如泰迪熊一般。我們將它取名為「馬鈴薯」，因為牠就像一顆會跑會跳、活潑可愛的小馬鈴薯。

牠到來後的那幾個星期，我們時而喜悅、時而懊悔、時而驚奇，但過一陣子又覺得牠好可愛。曾經有人警告我們，要養一隻小狗並不容易，但我沒想到我的心情竟然會被牠搞得七上八下，就像坐雲霄飛車一般。第一個星期最難熬，有兩次我險些崩潰。有幾天，我和喬比都認為收養牠是我們這一生所犯的最大錯誤，而且我們都很懷念過去那種無牽無掛的日子。我甚至曾經花好幾個小時上網搜尋，想看看這世上是否有人和我一樣，在養了一隻小狗之後感到如此沮喪，心中暗自希望自己不是這世上唯一的怪物。

但在此同時，我也開始注意有哪些花草樹木對狗兒有害，結果發現石楠、杜鵑、水仙、牡丹……都是，幾乎我們院子裡所有的植物都中鏢了。我心想：「這下完了！」它們可都是我的寶貝呀。為了「馬鈴薯」，我一度考慮要把它們

通通砍掉，改種其他植物，但又不知道這樣做會不會太過
火。在此同時，只要看到草地上有石楠樹的枯葉，我一定會
一片片地把它們撿起來。此外，我也下定決心，哪天「馬鈴
薯」開始吃水仙花的時候，我就會把它們的球莖通通挖起來
送人。然而，我後來才發現：石楠樹的葉子每天都會掉落一
地，根本撿不完，而且「馬鈴薯」對那些已經長得比牠還高
的豔黃水仙絲毫不感興趣。

　　所幸，就像過往我所遇到的種種困難一般，這個辛苦
的階段已經過去了。現在，每次下過雨，「馬鈴薯」要去
吃覆土上那些溼答答的木屑和不停蠕動的蟲子時，我就會

把牠趕走。如果牠開始咬草坪上的草,我就會設法轉移牠的注意力。當牠把地上的石楠枯葉吃進嘴裡時,我就會把很像漢堡的狗兒肉餅放在手掌心引誘牠,好讓牠把嘴巴裡的葉子吐出來。

　　清晨時分,我站在院子裡,聽著鳥兒在那光影斑駁的樹林間啁啾鳴唱,看著嘴裡銜著一團苔蘚和苜蓿的「馬鈴薯」睡意惺忪地在那露溼的草地上伸懶腰,我想到廚房裡那杯剛沖好的熱咖啡,想到屋子旁邊該種哪一種顏色的百日草(這種草對狗兒無害)才好。我想,以後我對植物的看法一定會有很大的改變。

謝詞

非常感謝我的文學經紀人 Laurie Abkemeier。如果不是她眼光獨到，發現我畫的小女人插畫有些特別，就不會有這本書的存在。Laurie，謝謝妳在我創作本書期間花了許多時間陪伴我、鼓勵我、指點我，並始終對我很有耐心。謝謝我的編輯 Patty Rice。她提供了許多很有見地的建議，對我的寫作計畫也大力支持。謝謝 Andrews McMeel 出版社中每一位讓本書得以問世的功臣。你們真的藉著我的作品創造了一個感覺像家一般的空間。謝謝我的媽媽 Pat Vaz 和我的妹妹 Sarah Vaz。她們不僅幫助我回想起許久前的生活細節，也不斷為我加油打氣。最後，要感謝我那位永遠支持我的丈夫 Joby Springsteen。我期盼未來能繼續和你攜手寫下更多的篇章。

凱蒂・瓦茲（Katie Vaz）是插畫家、作家、手寫字藝術家和平面設計師。她的作品包括*Don't Worry, Eat Cake*、*A Coloring Book to Help You Feel a Little Bit Better about Everything*、*Make Yourself Cozy : A Guide for Practicing Self-Care* 和 *The Escape Manual for Introverts*。凱蒂也設計了一系列的賀卡、圖片和文具，在網路上和北美各地的實體商店中販售。此外，凱蒂也是自由職業插畫家，並從事各種品牌商標、插畫、圖片和包裝的繪製與設計工作。她的作品曾經被刊登於BookRiot.com、ElephantJournal.com、BuzzFeed.com、RealSimple.com、WomansDay.com、POPSUGAR.com等網站，以及 *Stationery Trends* 和 *Time Out New York* 這兩本雜誌。目前她和丈夫、狗兒「馬鈴薯」和貓兒「小貓臉」居住在紐約州北部。

譯者 ── 蕭寶森

台大外文系學士、輔大翻譯研究所碩士，曾任報社編譯及大學、研究所講師，現為自由譯者，譯作包括《蘇菲的世界》《森林秘境》《樹之歌》《在深夜遇見薩古魯》等二十餘部，生性好奇，熱愛閱讀、追逐美感、耽溺文字，樂當「文化靈媒」，傳遞來自「他界」的重要訊息。

譯文賜教：slaudrey@ms35.hinet.net

國家圖書館出版品預行編目(CIP)資料

有植物的美好日常：在尋找自我的路上陪伴我
的花草，以及不小心種死的盆栽 / 凱蒂·瓦茲
（Katie Vaz）著；蕭寶森譯.
-- 初版. -- 臺北市：遠流出版事業股份有限公
司, 2021.02
144 面；12.7 × 17.8 公分
譯　自：My Life in Plants: Flowers I've Loved,
Herbs I've Grown, and Houseplants I've Killed on
the Way to Finding Myself
ISBN 978-957-32-8963-0（精裝）

874.6　　　　　　　　　　　　109022303

有植物的美好日常

在尋找自我的路上陪伴我的花草，
以及不小心種死的盆栽

作者──凱蒂·瓦茲（Katie Vaz）
譯者──蕭寶森
總監暨總編輯──林馨琴
資深主編──林慈敏
美術設計──王瓊瑤

發行人──王榮文
出版發行──遠流出版事業股份有限公司
地址：台北市 10084 南昌路二段 81 號 6 樓
電話：（02）23926899
傳真：（02）23926658
郵撥：0189456-1
著作權顧問──蕭雄淋律師
2021 年 2 月 1 日　初版一刷
新台幣定價 380 元
（缺頁或破損的書，請寄回更換）

My Life in Plants: Flowers I've Loved, Herbs I've
Grown, and Houseplants I've Killed on the Way to
Finding Myself
©2020 by Katie Vaz
This edition arranged with DeFiore and Company
Literary Management, Inc.
through Andrew Nurnberg Associates International
Limited

遠流博識網　http://www.ylib.com
Email: ylib@ylib.com